그냥 스쳐 지나갈 인연이 아니길

그냥 스쳐 지나갈 인연이 아니길

2024년 5월 17일 제 1판 인쇄 발행

지 은 이 | 손정원
펴 낸 이 | 박종래
펴 낸 곳 | 도서출판 명성서림

등록번호 | 301-2014-013
주   소 | 04625 서울시 중구 필동로 6(2층·3층)
대표전화 | 02)2277-2800
팩   스 | 02)2277-8945
이 메 일 | ms8944@chol.com

값 10,000원
ISBN 979-11-93543-80-1

그냥 스쳐 지나갈 인연이 아니길

손정원 시집

도서출판 명성서림

시인의 말

가지런히 정돈된 꽃밭에 씨앗들을 뿌렸습니다.
봉숭아 꽃씨, 금잔화 꽃씨, 금낭화, 꽃 잔디 등
추운 겨울이 가고 매서운 바람이 한바탕 놀다 간 자리에
쓸쓸함이 배어있는 꽃밭을 바라보며
'언제쯤이면 싹이 나오려나' 기다리며
물도 주고 사랑도 주고 예쁜 말도 해 주며
매일같이 기다렸습니다.

햇볕이 화사한 어느 날,
어느새 푸르른 새싹이 실눈을 뜨고 윙크를 합니다.
반가운 마음에 물을 듬뿍 주고 또, 내일을 기다립니다.
'이제 곧 있으면 무럭무럭 자라겠지'.
하루 하루 노심초사 싹이 자라고 꽃잎이 여물고
활짝 미소를 지을 그날을 기대하며

오늘도 간절한 소망 담아 화단 속에 내 마음도 심어봅니다.

1

2

그대가 찾아오면

3

곱디고운 내 모습 어디에다 감추고

4

마음은

5

줄다리기

그냥 스쳐 지나갈
인연이 아니길

가을 사랑

잠시 스쳐간 사람이었지만
나에게도 그런 사랑 하나
있었습니다

가을 문턱을 밟고서면
그 추억도 덩달아
문지방을 넘어서고

마음 깊은 곳까지
스며들어 가슴 아린 곡조로
청춘을 불러옵니다

바람이 불면
그대 생각 아스라이 떠오르고
술잔에 기대어 나누었던 고백

나뭇잎 지는 가을이 깊어 가면
단풍잎 하나에 사랑을 새기던

잠시 스쳐 지나간 사람이었지만
나에게도 그런 사랑 하나
있었습니다

가을이 되면
우연이라도 만나고 싶은
사랑입니다.

사진작가 : 손정원

그냥 스쳐 지나갈 인연이 아니길

푸르름이 지절대는 숲속
이른 아침 산책길을
혼자 거닐고 있을 때
저만큼 마주하고 걸어오는
누군가가 있습니다

인적이 드문 숲길
두려움 반 설레임 반
마주한 방향에서 조금씩 다가오는 발걸음
가슴은 두근거리고 반가움보다는
불안감이 휩싸고 돕니다

아직 뚜렷이 보이진 않지만
점점 가까워지는 낯선 저 사람
선한 얼굴의 사람이면 좋겠습니다

첫인상이 험상궂어 공포감을 조성하고
위기감을 느끼지 않았으면 좋겠습니다
힐끗, 한번 쳐다보고
그냥 스쳐 지나갈 인연도 아니길 바랍니다

가까이 다가오면 부드러운 인사말과
상냥한 미소로 답하는
아름다운 인연, 고운 만남, 새로운 이웃 같은
사람이었으면 참 좋겠습니다.

사진작가 : 손정원

그대 오시는 길에

한 걸음 한 걸음
천천히 오세요
한 걸음 한 걸음
조심조심 오세요

그대 오시는 길 따라
창밖에 서서
기다릴께요

길모퉁이 돌아서는
그대 옷자락이 보이면
살며시 다가가
그대 손 잡을께요

행여, 오시다가
갈림길에 접어드시거든
길을 잃지 않도록
매화 향 가득 뿌려 놓을께요

한 걸음 한 걸음
천천히 오세요

그대 숨소리
저만치서 들려오면
살며시 다가가
그대 손 꼭 잡을께요.

사진작가 : 손정원

기다림

깊은 밤 어둠을 안고
대청마루에 홀로 앉아
기다림에 지쳐 버린 마음 달래려
차가운 공기를 들이마셔도

답답한 가슴 속엔
그리운 임의 얼굴로
가득 차 있다

지나간 추억들을 더듬어 보며
한 잔 술에 취하고
두 잔 술에 잊고 싶은 마음
눈물로 씻겨 지우고

갈 곳 없는 방랑자 되어
이 밤을 맞이하니
찢어지는 이 가슴
어찌할꼬 어찌 할꼬.

느티나무

오랜만에 너를 본다
여전하구나

내가 떠난 뒤
꽤 오랜 시간 속에서
너는 그 자리에서
나를 기다렸구나

모진 비바람 불어와도
거센 눈보라 휘몰아쳐도
늘 그 자리에서 기다렸구나

그래 친구야!
먼 길 돌아 다시왔다
네가 그리워 왔다
너를 보니 가슴이 녹아 내리는구나

이제, 너와 더불어 행복을 꿈꾸자.

다가오지나 말지

이렇게 가슴 시리도록
아프게 할 거라면
다가오지나 말지

호수처럼 잔잔했던 나의 가슴에
파동을 일으키고
밀물처럼 왔다가
썰물처럼 떠나갈 거라면
다가오지나 말지

달콤한 은어로
야릇한 입맞춤으로 설레게 만들고
홀연히 떠난 그대

이렇게 가슴 시리도록
아프게 할 거라면
다가오지나 말지 그랬어.

마지막 잎새

푸르게 무성하던 나뭇잎은
촉촉이 흘러내린 가을비에 젖어
나즈막히 들려오는 연가 소리

가냘픈 몸을 흔들며
흐르는 리듬을 타고
하나둘씩 내려앉는다

휘몰아치는 찬 서리에 밀린
마지막 잎새는 바닥에 드러눕고

청명한 하늘 아래
앙상한 가지들만이
겨울 들판에 서서 내일을 준비한다

포근한 햇살을 기다리며
모진 바람에도 꿈쩍 않고
새 생명을 잉태한다.

다시 돌아와 준다면

사랑을 나누었던 그대 진한 향기는
아직도 내 마음에 앉아 있어요

거리거리마다 남기고 간
그대의 환한 미소도
어디 가든 따라오네요

씻어 내어도 달아나지 않는
그대만의 독특한 향수는
나의 귓 볼을 휩싸고 도는데

그대 잊기 위해 방황도 했으며
타인과 술잔을 부딪쳐 보기도 했지만
그 자리엔 늘 그대의 깜짝 로맨스
짙은 향이 남아 있어요

가까이 있을 때 붙잡지 못한
그 사랑 후회하면서
강물처럼 흘려보낸 안타까운 사연들

다시 돌아와
내 곁에 머물 수만 있다면
밤하늘에 수 놓인 별빛 같은 사랑
떠나보내지 않을래요.

사진작가 : 손정원

바로 그대입니다

블로그를 통해 댓글을
주고 받으며 서로의 안부를
매일같이 나누며 알게 된

안녕하냐는 상큼한 인사말로
행복을 만들어 주며 햇살처럼
미소 가득한 하루를
열어가게 하는 이가
바로 그대입니다

비록, 온라인상에서 알고 지냈지만
한 번도 서로의 얼굴을 본 적 없이

부드러운 카페라떼 한 잔을 마시듯
로맨스가 있고 자상함이 묻어나며
가까이 있는 듯 느껴지는 이가
바로 그대입니다

침침한 방 안에서 환한 웃음을 만들고
파란 세상, 훨훨 날개를 펼쳐

꿈을 가꾸도록 심어준 이도
바로 그대입니다

갈증 난 하루
피곤함 마저 잊고 잘 마무리 짓게 하는
이가 있다면 그는 바로 그대입니다

하루 동안의 댓글이 안 보이면
불안 속에 몹시 궁금해지고
실망하면서도 기다려지는 이가
바로 그대입니다

오늘은 그대를 만나보고 싶습니다.

사진작가 : 손정원

빈 잔

나는 술잔입니다
늘 그대와함께 하던 술잔이었습니다
사랑도 기쁨도 슬픔도 같이하며
즐기던 술잔이었습니다

하지만 언제부턴가
술잔은 바뀌었습니다
애지중지 아끼던 술잔은
한쪽으로 밀어둔 채

당신은 또 다른 새로운 잔을
입술에 대고 탐닉하고 있습니다
나의 잔은 외면한 채 말입니다

빈 잔은 서러워 눈물이 납니다
지난 시간들이 안타까워
견딜 수가 없습니다

행복을 마시며
포근한 가슴에 새기고
또새기던 사랑의 멜로디
꿈이 아니길...

빈 잔은 오늘도 기다립니다

그대의 부드러운 입술과
따스한 손길로 즐겨 마시던 와인 잔
나는 그대의 잔이고 싶습니다.

사진작가 : 손정원

밭 가걸랑

일손을 잃어버려
얻을 곡식이 없으니
그 누가 있어 날 거두어 주리

찾아도 보이지 않고
불러도 대답이 없는
너른 벌판에 홀로서 있으니

맺히는 건 눈물이요
짓는 건 한숨이라

여보게 친구여!
날 불러 외면 말고
밭 가걸랑 함께 가세.

사진작가 : 손정원

빈 가슴

사랑에 주리고 애정에 목이 말라
쓰러져가는 마른 잎새

입이 타는 마른 가지는
수분이 필요했습니다

시들어가는 꽃잎 위로
당신은 다가와 넘치도록
충분한 물이 되어주었습니다

꽃가지와 꽃잎 사이에도
당신의 부드러운 손길은
따사로운 행복을 주었습니다

빈 잔을 채워주고
꿈을 건져주며
환희의 세계로 이끌어준 당신

빈 가슴 가득 당신으로
채울 수 있기에 행복합니다.

설레임

마음속에서 싹튼 몰래 한 사랑
밖으로 꺼내 보이며
표현하지 못하지만

부드러운 눈빛으로 주고받는 은어

마주 앉아 머금은 미소 속에
살포시 전해오는 달콤한 멜로디는
사랑한다 사랑한다

사랑한다를 되뇌이고

콩닥콩닥 뛰는 가슴
두 손으로 더듬으며
누가 먼저 말을 할까

귀기우려 보지만
내 마음 먼저 들킬까봐
감춰버린 설레임.

임 기다리며

창문을 두드리는 매서운 바람 소리에 놀라
밖을 내다보니 스르르르 나뒹굴며
도망치듯 가버리는 낙엽

찬 바람에 이끌려 임이 오실까
또 한 번 귀 기울여봅니다

잔인한 호흡은 코끝을 찌르고
설레임 보다는 조바심이
밤 깊은 줄 모르며

뜬 눈으로 지새우는 마음
아시는지 모르시는지
소식 한 장 없는 임

초인종 소리에 귀 기울여봅니다
인기척 없는 야심한 밤
임을 기다리며.

익어가는 가을

가을은 분주하다
스산한 바람결에 단풍잎은
우수수 떨어지고

들녘엔 벼들이 고개 숙이며
허수아비 어깨 위로
참새 떼 모여든다

감나무엔 감들이
홍조 띤 표정으로 무르익어 가고
어느새 잎새들은 떨어진다

아! 가을은
내 마음속 깊이 멋대로 다가와
뒤흔들어 놓고

얄미운 사랑하나
던져준 채
추억을 만들고 있다

서산의 해는 뉘엿뉘엿
동산을 넘어가고
나의 중년 고개는 이렇게
익어간다.

사진작가 : 손정원

절망

마음이 어둡다 비가 내린다
바람이 거세고 낙엽은 떨어진다
나의 두 뺨 위로 눈물이 흐른다
절망이다

세상은 메마르고
내 가슴은 차다 슬프다

꽃처럼 살고 싶었다
시들고 싶지 않았다
그러나 꿈에 불과 했다

긴 그림자는 내게 드리웠고
태우다만 재는 나의 발목을 잡는다

야속한 바람은 세차게 불어 닥쳐
입술을 떨게 하고
차가운 거리로 나뒹구는 낙엽이 되어
쓸쓸한 밤을 맞이했다

한 줄기 햇살은 기다린다
따스한 봄볕을 기다린다
포근한 날들을 꿈꾼다
오늘...

사진작가 : 손정원

환상

네 모습 보고 싶어 거리를 헤메였지
행여, 마주치는 운이라도 있을까봐

거리거리마다 온통 너의 모습인데
네 모습은 어디에도 없고
울적한 마음은 눈가에 이슬만 데려온다

티브이 화면에 비친 너와
이미지 비슷한 연예인을 보면
온종일 내 머릿속을 차지하고

현실은 너무나 먼 거리에서

퉁퉁 부어터진 기다림으로
지친 그리움 되어 배회하고
술잔에 담긴 너를 마신다.

힘이 들 때면

바라는 것도 원하는 것도 없다
다만, 내가 힘들어할 때
곁에 있어주길 바랄 뿐

많은걸 기대하지 않는다
그저, 날 보며 한번 웃어준다면
조금이라도 위안이 될 터인데

때로는 울기도 하고 때로는 웃기도 하고
투정도 부려가며 당신과 마주하고 싶다

외면하지만 말아주오 슬퍼지니까
떠나가지 말아 주오 외로우니까
그저 날 보고 한 번만 웃어준다면
나는, 나는 행복하니까.

사진작가 : 손정원

그대가 찾아오면

가을은

고운 숨결 소리에
살포시 눈을 떠 보니
그윽한 향기 가슴에 안고 다가선
가을이 노크한다

반쯤 열어진 창 틈 사이로
눈부신 햇살은 다가와
갈 숲으로 데려간다

가을의 속삭임을 따라
가만가만 발걸음을 옮기면
노랗고 빨간 단풍잎
환호성을 지르고

만나서 반갑고
기다려줘서 고맙다고
두 볼을 붉힌 어여쁜 가을은
영원히 간직하고픈 첫사랑이여라.

가을이 갑니다

타닥타닥 나뭇잎 타는 소리에
가을이 갑니다

잿빛 우거진 갈대숲
슬피 울던 바람이
가을을 데리고 갑니다

아직 들려주지 못한
이야기들이 많이 남아있는데
은행잎 흩날리는 숲에서
속닥이는 아름다움도 여전한데

느닷없이 찾아오는 찬서리에
가을은 눈물자국 새겨놓고
떠나갑니다.

사진작가 : 손정원

가을 입니다

밤새운 귀뚜라미 소리에
싸늘한 바람 다가와
가슴 깊은 곳까지 당도한
외로움의 날개

혼자 있고 싶으면서도
혼자이기 싫어지는 가을

갈대숲 가득 머무르는
카페에 앉아
노을 바라보며
아쉬웠던 시간들

차 한 잔에
그리움을 탑니다

꿈속을 헤메며
그리워했던 사람과
달콤한 밀어를 나누고 싶은
계절, 가을

가을은

못다 한 사랑의 노래입니다.

사진작가 : 손정원

계절은 가고

한낮 더위도
이제 제풀에 꺾였는지
가을비 내려
더위를 식혀 주고

차 한 잔의 그리운 연가
모락모락 피어나는
짙은 안개속에
아련한 추억의 그림자들이
거리를 배회한다

이글거리며 타오르던 태양도
한때의 뜨거운 열정이었으리라
숨이 멎을 만큼의 잔인한
호흡으로 정열을 불태웠으리라

갑작스레 불어오는 모진 바람 앞에
한줄기 눈물이 되어버린 사연들

이제는 갈바람 사이로
조금씩 멀어져 간다.

그대가 찾아오면

애타도록 밀려드는
해 질 녘 붉은 품으로
한달음에 달려가 안기고 싶은 마음
그대는 알까요

그대가 찾아오면
향이 짙은 찻잔 속에
그대 얼굴 그려놓고
달콤한 눈빛 주고받으며
사랑이라 부르고 싶은 마음
그대는 알까요

사랑의 감정이
어느 날 문뜩 찾아오면
준비 없이 다가서는 그대 위해
마음의 창을 활짝 열어도 될까요?

그대가 찾아오면
설레는 이 마음 꿈으로
가득 채우고 싶습니다.

그대와 함께

짙어가는 가을날
코스모스 길을 걸으며
다른 연인들처럼
사랑을 속삭이고 싶었어요

우거진 갈대숲에 앉아
지는 노을도 보고
흔들리지 않는 약속
서로를 맹세하고 싶었어요

흩어진 낙엽들 주워 모아
모닥불을 지펴놓고
기타 소리 화음맞춰
사랑 노래 부르고 싶었어요

향긋한 와인 한 잔 속에
그대와의 추억담아
꺼지지 않는 촛불처럼
밤이 새도록 불태우고 싶었어요

그대와 함께 다른 연인들처럼
낭만 속 주인공이 되어
사랑을 나누고 싶지만
지금은 그대 너무 멀리 있네요.

사진작가 : 손정원

그리움의 길목

커튼이 드리워진 창가에 앉아
소리 낮게 떨어지는 낙엽을 보며
당신과 옛 추억을 따라갑니다

유난히 바람 찬 계절 한구석엔
쓸쓸히 흐느끼던 그 잎새마저도

석양 따라 사라져 버렸는지
어두워진 골목엔
외로움이 시리어 옵니다

사랑이 지나간 자리
그리움이 사무친 그 길목
아스라이 향기만이 홀로를 지킬뿐

오늘도 설레임 속에
그 골목길 서성이며
노을을 바라봅니다

그대가 보일 것 같아.

꿈

가까이서 늘 보고 싶었던 당신
언제나 먼발치에서만 흠모했던 당신
오늘은 내 곁에 다가와 미소 지어줍니다

당신의 다정한 손을잡고 거니는 오솔길은
우리를 축복해 주는 꽃들로 가득하였고
철길 위로 나란히 걸으며 불러준
콧노래도 흥겨웠습니다
파란 하늘 향해 힘껏 달려봅니다

그윽한 눈빛은
벗어날 수 없는 행복이었습니다

허나, 눈을 떠 보면 당신은
저 만큼 멀리 있는 꿈이였습니다.

49

사진작가 : 손정원

우짤라꼬

내 우짜다가 내 우짜다가
여기까징 왔어

앞으로 우짤라꼬
앞으로 우짜라꼬
먼 산 바라보고 한숨 지면
우짜라꼬 여기까징 왔어

마음이 닿는 데로 그리움이 향하는 데로
가고 싶어도 가지 모하고
보고 싶어도 볼 수 업승께

그저 허황된 꿈이라 생각했디만
어느새 내 몰래 간절함이 되가꼬
여기까징 왔어

가슴에 생성한 보고픔도
여까지 델 따놓고
참말로 못 살겠꾸마

어이 보소, 어이 보이소
앞으로 우짤라꼬 앞으로 우짜라꼬
내 마음 이리도 흔들어 놓는교.

사진작가 : 손정원

너였음 좋겠어

노을빛
길을 걷다 문득
떠오르는 얼굴이 있다면
너였음 좋겠어

창밖에 뿌려지는
가랑비처럼
매마름을 적셔주는 눈물이
너였음 좋겠어

비린듯 한 외로움에 지쳐
깜깜한 터널 속에서 몸부림칠 때
낯설지 않는 미소로
다가서는 등불이
너였음 좋겠어

소리 내어 울어도
지친 마음 달래주며
넓은 가슴 내어주는 이가
너였음 좋겠어

보고 싶다 말 안 해도
한걸음에 달려와
안아주는 이가
너였음 좋겠어.

사진작가 : 손정원

미련한 사랑

가까이 있을 때 잘 몰랐습니다
당신이 사랑인 줄

감미로운 목소리로 들려주던
그 노래의 의미가 나를 향한
뜨거운 열정이었다는 것도
그대가 가까이 있을 땐 잘 몰랐습니다

친절함과 다정함 로맨틱한 매너까지도
늘 옆에 있었지만 익숙지 못한 어리석음에
내 사랑이 되리라곤 전혀 알지 못했습니다

아니, 어쩌면 알면서도
모른척했는지도 모릅니다

그대가 떠나게 되는 줄도 모르고
노래 가사의 주인공이 나인 줄은
전혀 눈치채지 못했습니다

세월은 흐르고
또다시 계절이 바뀌어
그대와 거닐던 그 자리에 와 보니
자상했던 그대 모습 보이지 않고

빈자리엔 쓸쓸한 흔적의
메아리만 칠 뿐

사랑은 이렇게 떠나간 후에야
목이 메는지
바보 같은 난
미련한 사랑을 하였나 봅니다.

사진작가 : 손정원

보고프고 그리워서

웃고 있지만 울고 있습니다

눈가에 이슬이 촉촉이 머무르고
코끝이 바알갛게 상기되는 것이

입으로는 아니라고 말하지만
눈은 참아
거짓말을 할 수 없나봅니다

표정은 감출 수 있어도
사랑은 감출 수가 없습니다.

사진작가 : 손정원

자유로의 향기

풋풋한 풀 내음 맡으며
싱그러운 햇살 마시며
서로의 감정을 숨김없이
이야기하며 달렸던 자유로

사랑이란 단어가 처음 느껴지며
기쁨이란 즐거운 만남을 이어준
영원한 길 자유로

비가 오는 궂은 날이면
어렴풋이 생각나는 추억의 향기로
가슴속 모퉁이에 남아있지만
다시 만나는 날을 기다리며

처음 느낌 그대로의 감정
자유로를
너와 꼭 달려보고 싶다.

오지 않는 사람을 위하여

오지 않는 사람을 위하여
술잔을 들고
오지 않는 사람을 위하여
축배를 한다

기다려도 기다림도 모른 척
보고파도 보고픔 도 모른 척
전화 속 목소리도 들리지 않은 채
그저 혼자 간직한 가녀린 사랑

그래 가라, 가
외면하며 저 멀리 보내 버리고 싶지만
실은 내가 원해서 사랑했던 임이라
쉬이 보낼 수 없는 그리움

사랑을 위하여 술잔을 채우고
그리움을 위하여 마셔 버린다
내일을 위하여 오늘을 잊고
만남을 위하여 기다림을 안고
축배를 한다

약속하지 않은
오지 않는 사람을 위해
빈 잔에 그리움을 가득 채워
눈물을 마신다.

사진작가 : 손정원

절망 속의 밤거리

가슴이 터질 것만 같아
길을 나섰다
발걸음은 둥지 잃은 비둘기 마냥
허둥 되고
밤거리의 황홀한 얼룩으로 빠져든다

사는 게 무엇일까
인생이 무엇일까
풀리지 않는 수수께끼

어느덧 나의 가슴은
술잔 속에 담겨 흐느끼고

공허로웠다

모두가 나그네 나도 나그네
술잔에 몸을 지탱하고 있는
이 거리는 나그네로 가득하다

사랑이 무엇인지
상처를 주고 할퀴고 피가 흐른다
짓밟힌 내 영혼 어디로 갈까
세상은 비틀거린다

이 순간 누군가의
손길이 닿는다면 잡고 싶다.

사진작가 : 손정원

추억 만들기

바람이 불고 맑던 하늘이
갑자기 어두워지기 시작했지
비가 내리는 아스팔트 위를
달리고 싶은 너와 나의 마음을
아는 듯

유리창을 두들기던 빗방울은
폭우로 변하고
창밖은 번개 소리에 놀라
가로등마저 흔들거렸지

스릴 만점의 드라이브였어

천둥 번개가 '우르르 쾅' 할 때마다
밖은 어두운지 번쩍였고
방심하고 있던 우린
불안 속에 떨었지만
작은 새 가슴이 된 나는
너의 품속으로 안겨들었지

쑥스럽고 조금은 어색했지만
처음으로 느껴지는 감정으로
기분은 참 좋았어

그럴 때마다 붉어지는
나의 얼굴을 보고 넌 살며시
사랑의 키스를 해주었지

너의 가슴은
모든 걸 채워 줄 수 있는
따사로움이 있었지

사랑은 이렇게 다가온 거야
추억은 이렇게 만들어지고

번개가 칠 때마다
우린 웃음을 나누었지.

파도 사랑

밀려왔다 밀려가는 푸른 파도처럼
애틋한 그리움도 밀려와선 잠시 머물다
흔적 없이 사라지는 바닷물결

철 지난 바닷가 고요히 흐르는 적막
목메어 불러보고 싶은 간절한 사연도
저 푸른 물결 위에 띄워 보냈어라

그 많았던 사연과
그 많았던 기다림 속에
지쳐 있었는데
하얀 모래 위에 살며시
그려지는 미소 띤 그 얼굴

보고파 썼다가 지우고
또다시 그리면
밀려왔다 밀려가는 바닷물에 씻겨
홀연히 자국만 남기고

공허한 마음을 아는지 모르는지
소리 내어 외치는 파도는
아련한 사랑을 품고
다가선 나를 향해

부셔 뜨리고 부셔 뜨리고
또, 부셔 뜨린다.

사진작가 : 손정원

희미한 그림자

기승을 부리던 늦더위도
이제 제풀에 꺾였는지
가을비 내려 대지를 적시고
더위를 몰아냈다

차 한 잔에 담긴 연가
모락모락 피어나는 그리움
안개처럼 아련한 추억의 그림자들이
가을 거리를 배회한다

이글거리며 타오르던 태양도
한때의 뜨거운 열정이었으리라
숨이 멎을 만큼의 잔인한 호흡으로
정열을 불태웠으리라

어느 날인가
불어닥친 모진 바람앞에
한줄기 눈물이 되어버린 사연들
정열도, 열정도, 그리움도 다 식어 버리고
희미한 그림자를 남긴 채

이제는 갈바람 사이로 조금씩 멀어져 간다.

곱디고운 내 모습
어디에다 감추고

거울 앞에서

짙은 화장에 매혹적인 향수
애써 꾸미지 않아도
자신감이 자연스레 넘나들던
지난날의 젊음

세월을 주워 먹고 사는 동안
곱던 이마 위로 그어진
중년이라는 훈장의 나이테가 새겨졌다

흘러간 시간 속에 흔적을 남기듯이
머리 위에도 하얗게 내려앉은
찬 서리의 자국들이 자리를 차지하고

거울 앞에 앉은
웬 낯설은 모습의 여인이
무언가를 찾고 있다

풋풋하고 싱그러웠던 시절을...

고마운 사람

컴맹이었던 나에게
컴퓨터를 가르쳐 준 사람
인터넷에 접속하는 법과 아이디를
만들어 주었던 사람

꿈을 갖지 못했던 나에게
새로운 희망과 용기를 주었으며
세상에 나아갈 자신감을 심어준
참 고마운 사람이었습니다

잊고 지냈던 친구를 찾아주고
어두운 방구석 두려움에 갇혀
마음속 깊이 내제 돼 있던
사랑의 눈을 뜨게 한 사람

보고 싶다 그리웁다로
한 편의 시를 쓰게 한
참 고마운 사람이었습니다

영원히 잊을 수 없는
그 고마운 사람을 사랑합니다.

결혼하는 아들에게

하루의 아름다운 순간, 폭죽 속의 행복
축가의 행렬이 두 사람의 앞날을 이어주고
그 인연과 길고 긴 항해가 시작 되었구나

이제부턴 넓고도 기나긴
삶의 인생을 노 저어 가야한다
가다보면 고요한 바다에 찾아오는
풍랑을 만날 것이며
비바람도 다가 올 것이며
때로는 폭풍 속에 배가 흔들리는
경우도 올 거야

그럴 때 마다 지금 이 순간의
사랑하는 마음 잃지 말고
언제나 같은 마음으로
서로 위해 주고 챙겨 주며
이해하는 마음 잊지 않으면
반드시 행복이란 섬에 도착하여
새로이 만난 가족과 함께
기쁨을 맛 볼 수 있단다

향해 하던 배가 혹시 암초에 걸려
생사에 어려움이 닥쳐올지라도
서로 살펴주고 아껴주며 의지로
잘 극복하여 살았으면 좋겠다

나이 들어 긴 세월 살다보니
어느덧 엄마품을 벗어나는 널 보며
감회와 함께 눈물이 서려온다.

사진작가 : 손정원

골

비가 오면 막걸리 집에 앉아
낭만을 마시며 도란도란
사랑이 익어가는 밀담을 나누고

노릿하게 잘 구워진
파전 한 점에 버얼겋게 달아오른
미소들이 행복을 가져다주는데

오늘 마주앉은 부부가 걸치는 한 잔 속엔
원망과 미움만 가득하여
취기가 오를수록 서로의 허물만
물어뜯으며 피를 토한다

등을 돌려 바라보는 이상은
가깝지만 머어언 동쪽과 서쪽

한 사람은 해가 뜨기만을 기다리고
한 사람은 해가 지기만을 기다리는
우스꽝스런 모습으로
서로 다른 그림들을 묘사하고 있다.

길

나는 가고자 하는 길이 있습니다
그 길은 세상에서 가장 아름답고
화려한 길이지만
그 길을 가기 위해선 험난한 가시덤불이
앞을 가로 막고 있습니다

가시덤불을 헤쳐 나가기란
생각처럼 쉽지 않습니다

때로는 돌부리에 걸리고 넘어져
피가 흐르는 고통이 찾아오기도 하고
산을 넘을 때는 힘겨운 인내심을
길러야 하며
강을 건널 때는 숨찬 고난을 겪어야 합니다

그렇게 머나먼 길을 스스로 헤쳐가야만
내가 가려는 길로 접어듭니다

열심히 가고 또 가다보면
화려한 모습으로 그 길은
나를 반겨 줄 것입니다.

날씨

따뜻하다 포근하다
꽃향기 가득 안고 다가선
기분 좋은 봄볕이다

바람이 분다
봄이건만 여전히 차갑다
비가 온다
굵은 빗방울은 사정없이
옷깃을 적신다

하루는 따뜻한 날
다음날은 비가 내려 몹시
을시년스러운 날
도대체 감을 잡을 수 없는 날씨

건네는 말 한마디에
토라졌다 웃었다를 반복하는
비위 맞추기 힘든 남편 성격이다.

누구지

때론 아프게도 하고
때론 슬프게도 하고
때론 기쁘게도 하며
행복을 가져다주는 이가
바로 너야.

사진작가 : 손정원

명절날에

팔월 한가위
흩어졌던 가족들이
먼 길 돌아와 한 자리에 모였다

한 아름씩 들고 온 음식들
오순도순 나누어 먹으며
지나간 옛 시절 이야기 꽃이핀다

한마음이 된 동서들
부엌에선 지지고, 볶고
부치고, 끓이고

대 보름달 휘영청!
대청마루에 찾아오고
온 가족이 나누는 웃음 속에
어머니는 싱글벙글

손에선 마술처럼
예쁜 송편이 탄생한다.

사진작가 : 손정원

부부싸움

마음도 무겁고 눈도 무겁고
발도 무겁다
태풍처럼 쏟아지던 서로의 주장
서로를 밀어내며 자기만의 주장

할퀴고 물어뜯어
생채기 난 상처에선
선혈이 흐른다

끝이 아닌 지금도 진행형이다

귀 닫고 입도 닫고
마음의 문까지 걸어 잠근
이 소외된 공간에서
벗어나고 싶다

이 어두운 절해고도에
다시금 따뜻히 내리쬐는
태양을 맞이하고 싶다.

병원에서

밤새 끙끙 앓았다
아침부터 한나절 동안 마구 삼켰던
음식물들을 토해내느라
새벽이 오기까지 한숨도 못 자고
오 분 간격으로 화장실만 들락거렸다

드디어 올 것이 오고야 말았다
서둘러 응급실에 도착해서야
사 년 전 장폐색증으로 입원했던
기억이 떠 올랐다

제발 수술만은 하지 않기를 기원하며
링겔주사 바늘에 의지해 본다
조심하라 할 때 조심할걸
걷기 운동으로 몸 관리 하라 할 때
잘해둘걸
수분을 충분히 섭취하라 할 때
많이 마셔둘걸
스트레스도 받지 말고 안정을 취하라 할 때
내 몸 아닌 것엔 신경 쓰지 말걸

살아가는 게 쉽지 않아 이 모든 걸
지켜가기엔 인내심의 한계가 있었을까

코에 호수를 꽂고 열흘 동안
물 한 모금 입에 대지 못한 시간 속에서
다행히 수술은 면했지만

생명의 소중함을 깨달았다
음식 섭취량의 힘도 위대함을 깨달았다
일어나 걸을 수 있다는 것도
얼마나 행복한 일인지
새삼 느낄 수 있었다.

사진작가 : 손정원

내 키만큼 자란 아이

고사리손 움켜쥐고
아장아장 걸음마 배우던 때가
엊그제 같았는데

콧물 흘리며 유치원 가고
초등학교 입학하던 모습이
엊그제 같았는데

어느새 내 키보다 훨씬
크게 자라난 아이들을 보며
기쁨과 서러움이 반반으로 교차 되었다

부모의 마음을 아는지 모르는지
이제는 좀 자랐다고
간섭하는 것이 싫다고 한다

사춘기를 앓고 있는 아이의 모습이
어린 시절 내 모습을 보는 것 같아
대견하고 사랑스럽다

어느새 자라난 아이들을 보며
의젓한 모습으로
잘 자라준 것에 감사하고

꿈을 향해 커 가는 모습을 보노라면
입가에 미소가 눈물로 얼룩진다.

사진작가 : 손정원

살다 보니

몇십 년을 품에 안고 살아온
베개 속 알갱이가 어디론가 빠져나갔다
알갱이를 찾아 끼워 보려 하지만
겉껍데기만 덩그러니 남아 내 곁에 머문다

한 번 튕겨 나간 알갱이
순조롭지 않고 어긋나있어
다시 찾아 끼워 맞추기엔
너무 힘이 든다

이리저리 맞춰보고
요리조리 애써보지만
일그러져버린 알갱이
제 자리 찾기란 여간 시간이 소요된다

마음이 아프고 가슴이 저려
저 멀리 던져버리고 싶지만
쉽게 버리지도 못하고
겉껍데기만 붙잡고 실갱이 하며

오늘도 또 하루를 보낸다.

아버지의 어깨

검게 탄 얼굴 위로
주름이 세월을 먹었다
듬직했던 어깨와 등이 휘는 아버지

수십 년을 짊어진
가족의 운명이 젖은 땀방울에
대롱대롱 달려있다

자식이 다 자라나기 전 아버지는
크신 사랑과 넓은 가슴으로
저에게 커다란 나무였으며
든든한 버팀목이 되어
밝은 희망과 미래의 꿈을 심어
잘 가꾸어 가도록 용기도 주셨습니다

지금은 저 멀리 떠나시고 안 계시지만
전 그 사랑 잊을 수가 없습니다

내 가슴에 화인火印으로
새겨져 박혀있습니다

아버지 사랑합니다.

아버지가 떠나신 후에

당신이 나의 곁에 있을땐
소중함도 고마움도 몰랐습니다

내 곁에 가까이 있을 때
당신의 배려가 사랑이었음을
깨달았습니다
당신의 자상함이 진실이었음을
이제야 알았습니다
당신이 떠나신 뒤에
후회해도 소용이 없다는 걸
알았습니다

다시 한번 만날 수 있는 그날이 온다면
당신 앞에 울어 버리고 싶습니다
당신의 따스한 그 손을 잡고
이젠 놓지 않으렵니다

지난 어느 날 당신의 가슴으로
안아 주었던 기억이
지금도 생생히 다가오건만
그 사랑을 미처 느끼지 못한 것은
나의 불찰입니다

이제야, 당신이 떠나고 없는
어두운 방 안에서
한없이 한없이 그리워하며
울어야 하는 난 정말 바보입니다

아버지, 사랑합니다.

사진작가 : 손정원

아줌마의 하루

동이 틀 때면
이부자리를 털고 일어나 새벽을 맞는다

오늘도 어김없이 찾아든
아줌마의 하루는 창문이 되어 열린다
사랑하는 이들의 비운 속을
든든히 채워 놓고 나면
어수선한 집 안정리 하기에 분주하다

어느덧 정오가 허기를 몰고 오면
허둥지둥 밥 한술에 주린 배 대충 때우고
이웃집 김치 담그는 소리에 일손이 되어
파를 다듬고 무를 채치며
수다 삼매경에 한바탕 웃음은 위안이 된다

한 번쯤 멋부리며 치장하고
장기 외출 나들이에 혼자만의
행복도 찾을 수 있으련만

집안 걱정, 아이 걱정
자기 모습은 온데간데없고
헝클어진 파마머리와
푹 퍼진 엉덩이에 두꺼워진 허리살
몸 삐이 속에 구겨 놓고

서산에 걸터앉은 노을이
내 어깨를 다독이면
저녁 찬거리와 가족들 생각에
발걸음은 구루마가 되어
시장으로 내 달린다.

사진작가 : 손정원

앙금

태풍이 찾아오면
앙금은 일어난다

위로 솟아오른 앙금은
바다를 떠돈다
고요를 기다리며 배회한다

내 가슴에 일어난 앙금

이 앙금은 언제나
제자리로 돌아갈까

참고 견디고 기다리면
돌아갈까?

사진작가 : 손정원

어머니의 초상

고웁고 귀하게 자라나셔
시집오신 나의 어머니
사랑하는 임을 만나
살아오신 어머니

알캉달캉 살림하며
키워오신 자식 위해
자나 깨나 뒷바라지 하시느라
고운 얼굴 다 어디 가고

반평생 임을 위해 갖은 정성 토해내듯
사랑하는 마음 하나 의지하며
궂은 길도 함께 하며 영원히 살기를
부처님 전 빌고 또 빌었건만

야속하게도 임은 먼저 떠나시고
백발이 되신 나의 어머니.

주름진 세월

곱디고운 내 모습
어디에다 감추고

황혼에 깔려있는
낯선 거리에서
우두커니 앉아 있는가

사진작가 : 손정원

서러워라 서러워라
억울함에 후회해도
되돌아오지 않는 강물 속에
띄워버린 내 청춘

붙잡고 싶어 한들
잡히지 않는 것이 인생인데
나조차 알아볼 수 없게
변해 버린 주름진 세월

그래도 살아온 발자취엔
싹 틔운 씨앗 하나 있었네.

마음은

가고 싶지 않은 곳

왠지 가고 싶지 않는 곳이 있다
선뜻 내키지 않는 곳에 우연히라도
발을 디디면 얼른 도망치다시피
그. 곳을 벗어나고 싶어진다

왜 일까 나에게 해를
끼쳐 준 것도 없는 곳인데
아무런 이유도 없이 가기 싫어지는 그 곳

곰곰이 생각에 잠겨보니 그 곳엔
맑고 밝은 햇살이 내려앉는 날 보다
칙칙한 구름 사이로 그늘진 응달이
내려앉은 날이 더 많아
내 마음이 꺼렸나 보다.

사진작가 : 손정원

삼월이 간다

삼월 바람은 얄궂다
부푼 꽃망울
터트리지 못하고
그저, 모퉁이를 돌아간다

멈칫멈칫 헤메이지만
쉴 곳 도 없이
갈 길 잃은 봄바람

바람은 미세 먼지를
한 아름 안고왔다
삼월이 가면 봄바람이 올까

따스한 바람
봄꽃의 입술을 열 바람.

사진작가 : 손정원

가을 벤치

하늬적 하늬적 나부끼는
가을바람이 나의 볼을 어루만진다
가을 벤치에 엎드린 가을 냄새

가지런히 피어난 코스모스도 들국화도
향기를 내 놓으며 미소 짓는다

어느새 노랗게 물든 나뭇잎이
살며시 내려와 벤치위에 자리를 잡았다

문뜩 그리운 그대의 속삭임이
귓전에 다가왔다.

사진작가 : 손정원

강진 가는 길에

숨 쉴 틈 없는 도시의 시간
뻥 뚫린 고속도로를 달리다 보면
푸르른 녹음이 우거져 지나가고
한적한 농가의 모내기가 이미 끝난
평화로운 논과 밭이 다가온다

아직도 저 아랫마을 풍경은
우리들 에게 잊지 못할
옛 추억과 향수를 가져다준다

까마득히 잊고 살았던 어린 시절
가만히 눈을 감고 기억을 더듬으면
아늑했던 앵두나무 그 그늘아래
입속에 넣던 그리움이 다가온다

모락모락 저녁연기 하늘로 오를 때면
싸리문 사이로 밤은 점점 깊어만 가고
풀벌레 울음소리 자장가 삼아
잠이든 그때의
시골 마을 정경이 아른거린다.

눈꽃송이

포르르 포르르 겨울바람 따라
내려오는 눈꽃 송이
여기저기 기웃거리며
소릇이 내려앉는다

꼬불꼬불 시골길과 초가지붕
장독 위에 앉으면
예쁜 그림엽서가 되고
높다란 산기슭의
솔나무 숲에 앉으면
멋진 풍경이 된다

차디찬 바닥 위에 포근히 앉으면
솜이불이 되고
헐벗은 가지 위에 앉으면
따뜻한 밍크코트가 되는데

내 집 앞에 내려앉은 눈송이는
어찌하여 근심이 될까
쓸어버려도 미끄러운 잔여물
발아래 흔적을 남긴다.

눈이 왔네요

소록소록 소로록
간밤에 하얗게 눈이 왔네요

어두운 밤길 헤메일까 봐
깜깜한 골목길 길 잃을까 봐

달빛 아래 하얗게
훤히 보이도록

고운 임 오시는 길 등불 밝히듯
간밤에 하얗게 눈이 왔네요.

사진작가 : 손정원

마음은

봄이면 연분홍 꽃을 보아야
즐거워지고

여름이면 초록잎 을 보아야
상큼해지고

가을이면 갈색 숲을 보아야
감성이 솟아나고

겨울이면 하얀 솜사탕을 닮은
눈송이를 보아야 따뜻해진다

신기하다
마음은 참 신기하다.

사진작가 : 손정원

메밀꽃

누가 심어 놓았을까
눈이 부시도록 새하얀
봉평 메밀꽃

이미 달빛이 비치면
소금을 뿌려놓은 듯하다고 하였고
멀리서 보면 파아란 쟁반 위에
밀가루를 뿌려놓은 듯하다고도 했다

가까이 더 가까이
좀 더 가까이 다가가면
아주 작고 예쁜 꽃들이

올망졸망, 주렁주렁
매달려있는
갓 피어난 꽃송이들

옥수수 알맹이를
톡, 톡, 톡 튀겨낸
팝콘처럼

나비와 벌들이 사랑을 찾는
봉평은 메밀꽃 숲이다.

사진작가 : 손정원

미세 먼지

보이지도 않는 것이
형체도 없는 것이
자꾸만 사람을 괴롭힌다

그래서 눈도 코도 입도
모두 다 막아버리고
하얀 복면을 뒤집어 쓴 채
돌아다니는 미이라가 된다

세상을 병들게 하고
나약한 삶을 던져주고
운동장 한 바퀴를 돌며
황급히 어디론가 뛰어가는
먼지바람

다시 돌아오지 않기를 바라지만

서산에 익어가는 저녁노을을
아름답게 볼 수 있는 건
미세먼지가 만들어낸 작품이리라.

봄 눈

봄인데도 바람이 차다

시린 겨울이
꽃망울 터트리는 시간을
움켜쥐고 앙칼스럽다

겨울 끝은 질투의 화신인가
매서운 회오리바람을 데리고
뿌연 하늘에선 하얀 가루들이
흩날린다

아무리 시샘해도
나뭇가지에 조롱조롱 매달린 매화는
살포시 실눈을 뜰 것이다

봄눈은 내리지만 사이사이
여우볕이 윙크한다

봄은 저 만치 오고 있다고.

사진작가 : 손정원

봄 향기

산들산들 봄바람
오솔길 따라
가슴 한가득
꽃향기 품고서

저만치서
하늘하늘
걸어오시나 보다

한 걸음 한 걸음
내딛는 그대 발자국
가까이 들려오면
설레임으로 가득한데

비켜날 생각 없는
꽃샘바람
매화나무 가지를
흔들고 있다.

사진작가 : 손정원

봄

담장 너머로 입술 내민
노란 개나리
햇살 가득 입에 물고
하늘하늘

아지랑이도 종달새와 더불어
오솔길로 걸어왔다

파릇한 새싹들도
새벽에 일어나
눈부신 태양을 맞는다.

나의 가슴속에
깊이 숨어 잠자던
애틋한 사랑도
이 봄에 다시 오려나

눈부시게 피어나는
복수초처럼
긴장감에 설레고 기다려진다.

사진작가 : 손정원

빗 가루

하얀 구름 사이로 몽실몽실
몰려드는 먹구름
시커먼 그림자 속에서
은가루 흩날리듯 고운 빗 가루

비도 아닌 것이 이슬도 아닌 것이
가을바람 타고 소롯이 내려온다

숨쉬기조차 힘들었던 여름의
뜨거운 열기가 서서히 식어간다

아주 작은 점으로 내려앉는 빗 가루
더위에 찌든 땀방울을 식혀주니
한순간의 근심이 사라진다

가을은 곧 도착하겠지?

새들의 합창

어제만 해도 심술부리며
고약을 떨던 꽃샘추위
포근한 엄마품 같은
봄 햇살에 안기어 잠이 들었나!

봄바람이 잠깐 조는 사이
온갖 새들이 벚나무 가지 사이에 앉아
노래한다

직박구리, 동박새, 산까치등
시끌벅적 하나둘씩 모여 들며
뾰로롱, 뾰로롱, 호이휙휙, 베베쫑쫑
고음의 발성이 한창이다

봄 축제 시작이다 노래자랑이다
나도 참가 하고 싶다.

수종사에서

한여름 장맛비 오락가락 하는 수종사에
산사의 목탁소리 은은하게 산허리를 감싸고
푸릇푸릇한 숲속에선 소쩍새 울어댄다

적막한 절간의 풍경소리 벗 삼아
흰 구름 먹구름 서로 뒤엉켜
내지르는 천둥소리도 요란하다

산언저리에 자리한 찻집 창 아래로
저만치 보이는 한강의 물줄기
다리난간 아래로 양수리가 보이고
하나는 남에서 또 하나는 북에서
두 물의 머리가 서로 만난다는
"두물머리"도 눈 안에 가득하다

산자락 붙잡고 뻗친 희뿌연 안개는
걷혔다 가렸다를 반복하고
굵은 빗줄기는 우비를 적시는데
그 아래 북한강은 입을 닫은 채 흐르고만 있다

수종사의 목탁소리 깊어가도

그래 조용히 흐르는 거야
고요히 흐르는 거야
침묵으로 흐르는 거야
강물은 나에게 살짝 귀뜸한다.

사진작가 : 손정원

여름의 끝자락

갈까 말까 망설이는 더위는
구석구석에 자리를 차지하고 있다

하루하루를 버티는 시간이
이제는 지쳤다

데시벨을 울리는
매미소리가 시끄럽다
아직도 님을 찾는 외침이다

매섭게 노려보던 땡볕이
강풍에 못 이겨 울음을 터트린다

떠나기 싫은 그 마음은 알지만
어둑해진 골목어귀에선
이제 풀벌레가 가을을 슬며시 데려왔다.

이 비 그치면

이 비 그치면 가을이 오겠지
서늘한 바람이 노크를 한다

대지 위에 드러누운
열기도 식어가고

창밖에 흔들대는 나뭇잎도
반가운 듯 함성을 지른다

가을빛 햇살도 찾아와
허수아비 품으로 안겨든다

내 몸속의 뒤엉켜진 고통의 찌꺼기
이 비에 씻겨
몽땅 쓸려 갔으면 좋겠다.

퇴근길에

땅거미 질 무렵이면
노을은 벌써 퇴근 준비를 하고
산기슭으로 오른다

땀방울에 찌든 하루가
소주방으로 향하고
피로에 쌓인 파김치는
한 잔 술에 위안을 삼는다

꿀맛 같은 한 잔에 청춘을 부르고
쓴맛 같은 두 잔에 인생을 적시며
신맛 같은 석 잔에 눈물이 서린다
짠맛 같은 세상, 나를 신고서

퇴근길에 지친 발걸음
새벽으로 향하고
너도나도 다를 바 없는
그 길에 서는 것이다.

사진작가 : 손정원

110

줄다리기

동창생

얼마 만에 보는 얼굴들인가
너무나 반갑고 그리웠던 친구들
각지에서 보고파 한걸음에 달려왔다

어린 시절 한 동네, 한 학교에서
재잘거리며 공부하고 때론 다투기도 하던
철없던 시절의 꼬맹이 친구들

이제는 황혼의 고개를 넘어가는
길목에 서 있다
굴곡 많았던 삶 속에 많은 것이 변하고
서로 다른 모습들이지만

어린 시절 개구지던 모습은
여전히 제 자리를 지켜주어
함박 웃음꽃이 활짝 피었었다

이대로 살자, 이대로 익어가자
벗들이여!

만남

고요한 시간이면
지나간 추억이 올라온다
입가에 미소를 데리고

사랑한다는 것
사랑했다는 것
이렇게 즐겁고 아름다운 것인 것을

보석처럼, 별빛처럼
내 가슴에서 빛나는 사랑

희망을 주기도 하고
용기를 주기도 하며
때로는 꽃이 되고
기쁨이 되는 당신

이제 당신을 만났으니
난 몹시 행복합니다
그대와의 추억은 행복입니다.

어느새 먹은 나이

철없어 사랑이 뭔지 모른 채
한 사람과 기나긴 인연 맺어
세월의 강 다리를 건넜다

덧없이 흘려보낸 푸르던 날의 일기
내동댕이쳐진 아쉬움 들
어느새 사십 대 고개를 넘어서고 있다

들끓던 내 젊은 날의 순정은
아직도 마음 한켠 에서
꿈틀대며 자라고 있건만

허덕이며 사는 세상, 꿈조차 버거운지
이놈의 세월은 자꾸 채찍질만 하고
끈질기게 버텨온 세월에

고맙다는 말 대신 깊게 패인
주름들만 서 있다.

여유

조급한 마음을 내려놓고
쉬엄쉬엄 가고 싶다
숨 가쁘게 내 달렸던 길

뒤돌아보면
그다지 재빠른 지름길도
아니었건만
모두가 허사

살아가는 동안
옆도 보고 뒤도 보고
앞으로 가는 길도
잘 살피며 천천히

내몰은 숨 세어가며
햇볕에 그을린 장맛도 보고
잘 익은 사과의 달콤함도 느끼며...

115

사진작가 : 손정원

여행을 떠나자

여행을 떠나자
어깨에 얹힌 무거운 짐들을
홀홀 벗어 던지고
나만의 시간, 나만의 공간을 위하여
즐거운 여행을 떠나자

달리는 버스 속 시끄러운 웅성거림도
차창 밖 푸른 숲의 콧노래 소리도
길섶에 피어있는 코스모스도
가냘픈 실바람에 허리를 흔들며 춤을 춘다

뿌연 먼지처럼 쌓였던 감정들은
출렁이는 바닷물에
모두 벗어 던져버리고
힘겨웠던 마음을
다 털어 날려버리자

내일은 내일 생각하고
오늘은 오직 나만을 위하여
즐거운 여행을 떠나자 했는데
한강 가에 와서 강 건너를 주시하고 있다

내일은 떠날 수 있겠지.

이렇게 되는 줄 알면서도

이렇게 되는 줄
알았습니다

그대와의 만남이
사랑이 되는 것을

사랑은 바로
눈물이 되는 것을
눈물은 이별을
가져다준다는 것을

이별 뒤에 남는 것은
그리움의 상처인 것을
깊어진 상처는 허무한 마음과
기다림을 가져온 것을

언젠가 다시 올 거라는
믿음을 심어 주고 간 그대
후회해도 소용이 없다는 것을

그대가 떠난 뒤에야
알게 되었습니다.

옛 친구

옛 모습 그대로의 낡은 건물들은
아직도 제 자리에 우뚝 서 있고
거리의 불빛들도 여전히
자리를 지키고 서서 눈동자를 키우는데
어딘가 모르게 낯설은 모습들은
반가움보다는 어색함으로 나를 반겼다

꿈 많고 호기심도 많았던 학창 시절이었던가
미래를 아름답게 그리며
웃음꽃 피어나는 이야기 속에 만났던 친구들
가끔은 보고파서 달려가고 싶을 때도 있었지만
철모르던 앳된 소녀의 미소는
흘려버린 시간 속으로 곱게 묻어지고

우연으로 만난 친구
"이게 얼마만 인가? 반갑다 친구야."
반가움과 긴장감으로 얼굴을 비비며
못다 한 웃음과 안부를 주고받지만

어느덧 흘러가 버린 중년의 나이에
서먹서먹함은 감출 수가 없었다

우리들의 한 페이지를 장식했던
그 시절 사랑했던 너의 모습은
내 기억 속에 그대로 남아 있지만.

사진작가 : 손정원

정원의 성

문득
당신이 보고 싶습니다
그리워서 그대와 함께 있고 싶습니다

샤워를하고 침실엔 은은한 조명이 켜져 있고
핑크빛 장미 향기와 감미로운 멜로디로
방 안 가득 메우고

칵테일로 입술을 적시며
우아하게 부르스를 즐기며
그대와 달콤한 키스를 하고 싶습니다

그대와 맞잡은 손으로 '아름다운 성의 문'
앞에 도달하고 싶습니다
지구 끝이라도 가고 싶은
욕망을 불태우며

상상의 나래를 펴들었던
시간은 흐르고

아침이 찾아와 눈을 떠 보면
조각조각 부서진 망상이지만
그대가 그리워 함께 하고픈 사랑만은
내 가슴에 숨 쉽니다

쉽게 무너지지 않는 '정원의 성'은
아름답고 숭고한 자태를 지키며
당신이 오지 않으면 절대 열리지 않습니다

오늘도 그대를 기다립니다.

사진작가 : 손정원

주왕산 출사

가을 햇살아래 단풍잎이 붉게 물들었다
갑갑했던 나의 마음을 이다지도 흥분케 하고
황홀한 꿈속으로 이끈다

사랑하는 사람들과 마음을 나누고
기쁨도 함께 나누며 길이 남을
추억하나 새기고 있다

한 장 한 장 책갈피에 끼워둔 단풍처럼
페이지마다 사랑을 심어
한 폭의 카메라에 담는다

꿈같은 이 순간, 행복한 이 순간
영원히 간직 하고픈 이 순간
길을 걷고 있는 이 거리에서

잠에서 깨어나면 달아날 것만 같은
그대의 환한 미소 그리워지겠지

단풍처럼 곱고 싶다
저토록 바알갛게 태우고 싶다
이 가슴.

차 한 잔에

가을을 타고
노을을 타고
그리움을 타 마신다

입 안 가득 채워진
차 향기는
쓰고, 시고, 맵고, 짜고

보고픈 그대 모습만
어른거린다.

사진작가 : 손정원

줄다리기

내가 머문 이곳이
행복의 길은 아닌가보다

가면 안 되는 길인 줄 알면서
허락받지 못했으면서
그리움은 자꾸 줄다리기합니다

내미는 손잡을까 말까
망설이던 순간에도
호기심은 요동쳤습니다

보이지 않는 사슬이
나의 손목을 꽉 쥐고
끌어당깁니다

갈증은 더해가고
그리움은 밀려옵니다

스르르 다가오는
사랑에 이끌려
발걸음이 옮겨지고 있습니다

이러면 안 되는데

가까스로 버텨보지만
보고픔만 더해갑니다.

사진작가 : 손정원

차로에서

당기지도 않았는데 당겨온다
밀지도 않았는데 밀려간다
앞 차가 떠나면 뒷 차는
행렬에 맞춰 그 뒤를 따라간다

자연스럽게 순서대로 흘러간다

밀지도 당기지도 않지만
가을은 오고 여름은 밀려간다

그 속에 나의 시간도 따라 흐르고 있다.

사진작가 : 손정원

코로나 19에게

너 언제쯤이면
돌아갈 거니?

여느 아이처럼 찾아 왔길래
잠시 머무르다 갈 줄 알았더니

아예 눌러 살 작정으로 온 거니?

네가 지구에 찾아온 지도 일 년을 넘기고도
또 해가 바뀌었는데 돌아갈 줄 모르는 너
이젠 지겹구나

사람들의 혼줄을 빼먹고
식량을 빼앗고
옴싹달싹도 못 하게
방구석에만 쳐 박아놓고

너는 여기저기 활보하며 돌아다니니
참 나쁘구나

여지껏 밀린 하숙비 안 받을테니
제발 돌아가 주려므나.

청춘

푸르고 무성하던
잎들을 다 보내고
가지엔 잿빛 어둠이 깔렸다
뒷골목에선 쓸쓸한 침묵만
자리를 지키고
세찬 바람이 가지를 흔든다

어제만 해도
찬란한 햇살을 받으며
숨 쉬는 기쁨을 누렸건만

거친 눈보라와 모진 비바람에도
끄떡없이 꽃을 피워내고
새로운 잎으로 싹 틔우며
쌩쌩한 기운 감도는
한나절을 보냈건만

어둑어둑 해지는 여울
모두가 떠나버린 벌판
벌거숭이 초췌한 모습으로
그 누굴 기다리는 것인가

청춘을 보낸 저 나무에게
따스한 봄은 또 오겠지.

사진작가 : 손정원

초등 동창 야유회에서

까마득히 잊혀졌던 시간들
세월 속에 곱게 묻혀진
기억들을 부르면
어릴 적 추억들이 슬금슬금 걸어 나와
그 시절로 데려다 놓는다

잠시 어색한 표정들로
서먹서먹했지만 하나둘 더듬어 가니
아련히 떠오르는 개구지던 얼굴들

"그래, 그때 바로 너란 친구였지"
"반갑다 친구야"
서로 볼을 비비며 반겼지
푸른 초원을 누비며
단짝이 된 친구와 손을 맞잡고
꼬맹이들로 돌아가 벌판을 달렸다

풍선 터트리기도 하고
각각 흩어져 돌맹이 밑에
숨겨둔 보물찾기도 했다
같은 반이었던 몇 명의 친구들과
자기소개하기 등

어릴 적 별명들을 불러가며
함박 웃음꽃을 피웠다

따스한 봄날의 싱그러운 풀잎들도
우리와 친구되어 동행하고
못 다한 이야기꽃을 피우느라
땅거미 지는 것이 아쉬웠다

또 하나의 우정을 새겨두고
돌아서지만 그곳엔
한 페이지로 엮어갈 추억들이 기록되었다.

사진작가 : 손정원

초등학교 총 동창회 체육대회

파란하늘에 흰 구름은
뭉게뭉게 떠다니고
운동장 가득 매달린 만국기가
입장하는 각 기수들을 환영하며
오랜만에 낯익은 얼굴들과
악수를 건넨다

꼬맹이 시절 같은 하늘 우러르며
비슷한 시간들을 보냈었는데
많이 달라진 옛 교정
낯설음으로 다가왔다

세월의 무게를 짊어지고 사느라
분주했던 삶 속에
어린 시절 왼쪽 가슴에 손수건이 아닌

현직 훈장을 하나씩 달고
초등학교 운동장으로 집합
연어가 회기 하듯 했다

피구와 줄넘기 그리고
이어달리기와 줄다리기, 노래자랑 등
동심으로 한 마음이 된
선후배의 체육대회

웃음과 박수 속에 순위가 가려지고
타고난 끼와 재능이 솜씨를 뽐내며
한바탕 잔치가 벌어졌다

화단엔 핑크빛 철쭉들이
방실방실 봄바람에 춤을 추고

어느새 서산으로 달려온 노을은
붉게 그을린 아쉬움들과
인사를한다

봄날의 향기가 따스함을 전해주는
즐거운 날, 행복한 날, 만남의 날

우리는 타임머신을 타고
동심으로 돌아간 날이었다.

텔레파시

그리워하면 그 사람도
날 그리워하겠지
보고파하면 그 사람도
날 보고 싶을 거야

우린 마음이 통하니까
서로 사랑하니까
간절하니까
느낌으로 알 수 있고
생각나니까

내가 울고 싶도록
보고픔이 간절하면
그도 울고 있을까

미치도록 그리움이
간절하면
그도 미쳐 있을까

목소리라도 듣고 싶어
전화길 만지작거릴 때
걸려오는 전화기의 음성

우린 텔레파시가 통했다.

사진작가 : 손정원

한 해를 보내며

서둘러 떠나려는 그를
난 아직, 보내고 싶은 마음의
준비가 되어 있지 않습니다

만난 지 얼마나 되었다고
그리 많은 정도 쌓아 두지 못했는데
아직도 못다 한 말들이 남아있어
미처, 다 들려주지도 못 했는데
되돌아볼 겨를도 없이
떠나려 합니다

내가 미워서 가는 것도 아니고
내가 싫어서 가는 것도 아닌데
붙잡는 손 매몰차게 뿌리치며
떠나려 합니다

눈물이 납니다 후회도 됩니다
내 곁에 머물러 있을 때
좀 더 잘해 줄걸
냉정히 떠날 줄 알았더라면
다가올 때 따뜻이 안아주며
더 많이 사랑 해 줄 걸...

평 론

레퀴엠Requiem 선율로 흐르는
고아高雅한 시적 멜로디

손정원 시집 -『그냥 스쳐 지나갈 인연이 아니길』론

복재희

문학평론가·시인·수필가

1. 작품에 들어서며

시에 무슨 힘이 있을까만 명백한 것은 인간을 움직이
는 힘이 있다는 말에 부정할 사람은 없을 것이다. 에너지
의 원천은 보이는 것에 의미도 있지만 심층에 자리 잡은
무한 에너지는 정신의 원천을 이루는 보이지 않는 힘이
분명히 있음이다. 이를 무의식無意識으로 정리하면 깊은
어둠속에 담겨진 에너지는 가공할 능력을 발휘하는 힘
이 있다고 말하고 싶다.

시의 특성은 아무래도 감동이라는 정신작용이 작동
할 때, 무한의 힘이 발휘된다고 가정하면 한 구절의 시

가 좌우명이 될 때, 고난과 역경의 삶을 헤쳐나가는 동력動力을 갖는 이치는 얼마든지 예로 할 수 있기 때문이다. 때문에 시를 창조創造라는 이름으로 맞아들이는 길이 열린 것이리라. 창조創造라는 이름에는 무게가 실린다. 다시 말하면 창조는 존재로 드러나는 일이기 때문에 의미가 따라오고 무게 또한 실리는 경우를 이해해야 한다. 하지만 시는 무게가 아니라 존재의 양상을 행동으로 옮기는 에너지를 갖고 있기 때문에 위대한 가능의 문을 열게 되는 것이리라. 이런 관점에서 시인은 상상으로 일군 창조에 그 가치가 빛나는 의미로 다가들 때, 비로소 감동의 물살을 가져오게 되는 것이니, 이는 인간의 가슴을 울리는 감동은 가장 고귀한 창조의 이름이 된다는 강조이다.

시인은 그가 상상의 나래를 펼칠 때, 비로소 이 세상에 없는 즐거움과 행복을 독자에게 전달하려고 기교를 사용하지만 결코 진실의 숲을 벗어나는 것이 아니라 오로지 꿈의 추구에 신명神明을 다해서 시를 창조한다. 성실하고 진실할 뿐 아니라 세상의 아름다움을 위해 시인 자신의 아픔을 승화시켜 맑은 수채화를 그리는 진지한 모습에서 감동은 잉태되는 것이다.

손정원 시인의 시를 읽으면 나이브하고 진지한 그리움의 농도가 깊고, 작품의 색채가 고와서 작품 한 편 한 편이 투명하고도 아름답다. 더욱이 시인의 긍정적인 휴머니즘에서 발현 되어진 시 속에는 그의 일상의 여백에서 건져진 -난해하지 않은 시어들이 그리움의 강을 건너고, 살아내려 날개를 퍼덕이는 생동감을 만나게 한다. 이제 그 표정을 따라서 바라볼 계제階除에 들어선다.

2. - 시詩는 시인의 자화상自畵像

정갈하고 깨끗한 시를 만나면 행복해진다. 더구나 순수와 순진무구한 표정의 시인을 만나면 독자에게는 행복에 감염되는 감동의 아름다움이 된다. 장미를 가까이하면 장미 향을 얻게 되는 이치와 같음이리라.

손정원 시인의 시는 식물성 인자因子가 짙어서 투명하고 소박하다.

때묻음이 없는 그의 시심은 가슴을 적시는 산골 물소리나 청아한 새소리 같은 청량감을 선물하는 시적 특질을 지니고 있을 뿐만 아니라 시의 넓이와 깊이에 도달하는 풍경화를 만나게 되는 고요한 사색으로 초대된다.

이는 시인의 철학이 사랑이자 배려이기 때문에 시에 담긴 메타포 역시 거개가 자연을 사랑하고 사람을 사랑하는 심연에서 일군 시어들이라 무거울 수가 없음이다.

그렇다고 시어 자체가 딱히 가벼울 필요가 있느냐에 의문을 가진다면 이는 각자 살아온 환경이나 처해진 상황이 다름에 따라 발생하는 자연적인 인자에 의해 결정

되는 현상이라서 옳고 그름의 논지는 아니라 생각한다.

가벼움 속에서 깊이를 찾고, 무거움 속에서 가벼움을 건지는 것 역시 독자의 몫이라 치면 −오랜 시간 지난함을 등에 지고 한 권의 시집을 상제하기 위한 시인의 인고를 생각하여 독자는 두 손으로 받들어 한 자 한 자에 숨겨진 의미를 발견해야 하는 의무를 가져야 함이다.

화자는 시인이자 사진작가인듯 하다. 더욱이 사랑하는 이를 먼저 보내고 그리움을 보듬고 세상을 살면서 꽃한 송이 낙엽 한 장에도 깊은 연민을 지닌 시인이다. 그럼에도 어둠보다는 밝음을 지향하는 화자의 시적 세계에서 평안함을 선사받게 되는 −시평을 쓰는 필자에게도 큰 위안이 아닐 수 없다.

국제 정세나 국내 정세 할 것 없이 모두가 어렵고 우울한 이 시기임에도 향필向筆을 부추겨 구십 편의 작품을 상제하는 화자의 시적 여정에서 건진 「그냥 스쳐 지나갈 인연이 아니길」을 만나보자.

> 푸르름이 지절대는 숲속
> 이른 아침 산책길을
> 혼자 거닐고 있을 때
> 저만큼 마주하고 걸어오는
> 누군가가 있습니다

인적이 드문 숲길
두려움 반 설렘 반
마주한 방향에서 조금씩 다가오는 발걸음
가슴은 두근거리고 반가움보다는
불안감이 휩싸고 돕니다

아직 뚜렷이 보이진 않지만
점점 가까워지는 낯선 저 사람
선한 얼굴의 사람이면 좋겠습니다

첫인상이 험상궂어 공포감을 조성하고
위기감을 느끼지 않았으면 좋겠습니다
힐끗, 한번 쳐다보고
그냥 스쳐 지나갈 인연도 아니길 바랍니다

가까이 다가오면 부드러운 인사말과
상냥한 미소로 답하는
아름다운 인연, 고운 만남, 새로운 이웃 같은
사람이었으면 참 좋겠습니다.

- 「그냥 스쳐 지나갈 인연이 아니길」 전문

위 작품은 5연 21행으로 행간까지 합하면 25행이 되는 장시長詩이다.

시의 정치망定置網에서 가장 핵심은 산문과 달리 응축凝縮해야 함을 화자도 이미 간파하고 있겠지만 그만큼 할 말이 많은 가로 이해함이 옳겠다.

시적 종자로는 푸름이 지절대는 아침 산책길에서 저만치 다가오는 '누군가'가 시적 화자로 등장하는 작품이다.

화자는 3연에서 "아직 뚜렷이 보이진 않지만 / 점점 가까워지는 낯선 저 사람 / 선한 얼굴의 사람이면 좋겠습니다"라고 표현했는데 이 대목에서 독자는 시인의 성정性情이 다감하고 따뜻한 인자를 지녔음을 발견하게 한다.

4연에서, "첫인상이 험상궂어 공포감을 조성하고 / 위기감을 느끼지 않았으면 좋겠습니다 / 힐끗, 한번 쳐다보고 / 그냥 스쳐 지나갈 인연도 아니길 바랍니다"에선 화자의 외로움이 드러남을 발견한다. 만나자고 약속한 것도 아니요, 더욱이 평소에 안면이 있는 지인도 아니지만 그저 선한 인상의 누군가가 그냥 스쳐 지나갈 인연이 아닌, 우연이지만 운명적 인연이고 싶다는 -화자 내면의 외로움이 들켜버리는 순수한 시의 맛을 여지없이 표현한 과감성을 발견한다.

5연에서, "가까이 다가오면 부드러운 인사말과 / 상냥한 미소로 답하는 / 아름다운 인연, 고운 만남, 새로운 이웃 같은 / 사람이었으면 참 좋겠습니다."라고 종지부까지 찍은 작품이다. 산책 후에 만남의 결과는 독자의 상상에 맡겨둔 -한마디로 미소를 띠게 하는 하얀 순수성이 돋보이는 서정시이다. 화자가 세상을 바라보는 시적 창문은 동심이 어리어있고 인간애로 가득함을 발견한다. 이는 시인이 지녀야 할 덕목德目과 연결되는 점에서 앞으로의 시적 여정을 지켜보고 싶음이다.

3. - 레퀴엠Requiem의 선율로 퍼지는 화자의 시심詩心

손정원 시인의 작품에는 물기가 많다. 그렇다면 왜 축축한 작품이 많을까? 이러한 의식을 발산하는 이유에는 화자의 내면에 그리움이 옹이로 자리해 있다는 명징이리라. 시는 결국 자기고백의 방도 일 것이고 이 방법을 통해서 카타르시스의 정서를 갖고 싶은 소망이 잠재해 있음을 독자는 알아차릴 것이다.

인간은 나약하다고 파스칼은 말했다. 이는 힘이 없다는 의미가 아니라 자기와 상관을 갖는 환경에 쉽게 전염傳染이 되고 그렇지 않은 공간에는 한사코 뛰쳐나오려는 발상을 갖고 행동하는 양상을 뜻한다. 가슴앓이로 언제나 미간을 찌푸려도 그 표정마저 절색이었던 월 나라의 절세 미녀인 '서시'나 클레오파트라 혹은 브라운관을 휘어잡는 아름다운 탤런트의 모습을 보고 환호작약歡呼雀躍 하는 것은 이미 미美에 정복당한 홀림 현상이듯이 손정원 화자의 시에 많은 지향 공간을 결국 그리움의 공간으로 들어가는 심리적인 현상이 강하게 작품을 지배하게 되는 것이라 보인다.

시에서 그리움을 승화시키면 화자의 작품을 키우고 성장해가는 원동력을 에너지로 바꾸는 가교가 될 것이다. 시인의 창에서는 언제나 닿을 수 없는 –먼저 떠난 그리움이 화자와 더불어 작품 안에서 숨 쉬고 있으며 생전에 다 하지 못한 소소한 행복조차 호사였음에 잔잔한 레퀴엠으로 전달되어 숙연함을 전해주는 작품 「그대와 함께」를 만나보자.

짙어가는 가을날
코스모스 길을 걸으며
다른 연인들처럼
사랑을 속삭이고 싶었어요

우거진 갈대숲에 앉아
지는 노을도 보고
흔들리지 않는 약속

서로를 맹세하고 싶었어요

흩어진 낙엽들 주워 모아
모닥불을 지펴놓고
기타 소리 화음 맞춰
사랑 노래 부르고 싶었어요

향긋한 와인 한 잔 속에
그대와의 추억담아
꺼지지 않는 촛불처럼
밤이 새도록 불태우고 싶었어요

그대와 함께 다른 연인들처럼
낭만 속 주인공이 되어
사랑을 나누고 싶지만
지금은 너무 멀리 있네요

– 「그대와 함께」 전문

　　위 작품 역시 여느 시인들의 작품보다는 길게 짜여졌
다. 시가 길면 자칫 버려야 할 것들이 산재되어 산만에
이를 수 있음을 시작詩作에 반영하길 권한다.
　　1~4연까지 '싶었어요'로 마감되는 의미로 미루어 화

자의 가슴에 시적 화자인 '그대'와 못다 한 것들이 오롯이 표현 되어진 작품이라 하겠다.

　1연, 다른 연인들처럼 / 사랑을 속삭이고 싶었어요

　2연, 흔들리지 않는 약속 / 서로를 맹세하고 싶었어요

　3연, 기타 소리 화음 맞춰 / 사랑 노래 부르고 싶었어요

　4연, 꺼지지 않는 촛불처럼 / 밤이 새도록 불태우고 싶었어요 라는 절절한 그리움에서 화자의 '그대'와 영원히 함께하지 못한 아쉬움이 오롯이 배어 있어서 독자로 하여금 공감대를 형성하기에 상당한 시적 감수성을 전개했다고 보인다. 앞으로 펼쳐나갈 지난한 시적 여정에 보이는 것 너머의 세계, 만져지는 것 너머의 시적 세계로 초대되어 많은 수작秀作을 탄생하리라 기대한다.

4. - 아버지, 그 사랑에 대한 그리움

　아버지는 깊이에서 다가온다면 어머니는 정이란 따스함으로 다가온다. 이 둘의 요소는 인간의 정감을 장악하는 위대한 힘을 혹은 삶의 에너지를 전달하는 이름일 것이다.

　설혹 무심한 듯한 아버지의 표정일지라도 스미듯 다가오는 정감이 때로 출렁이는 파도의 이름으로 위압되기도 하지만 때로는 파문을 일으켜서 반짝이는 가을 하

늘 높은 구름일 수도 있을 것이다.

어느 것이든 아버지의 깊이는 곤곤滾滾하게 흐르는 유장함으로 의식을 점령하는 특성이 있다.

부모의 정은 부재不在 시에 더욱 간절함으로 다가드는데, 이는 갈증 현상이고 생의 고독을 위호衛護하려는 본질에 대한 갈망일 수도 있다. 인간의 에너지를 추동推動할 수 있는 근거는 고독에서 부모를 기억하게 된다. 이는 부재에서 부모의 정이 크게 다가오는 이유로 작용한다는 뜻이다. 그리움의 공간과 시간은 항상 비례하기 때문이다. 화자의 나이 –이미 중년이란 깊이에서 아버지를 추억하는 것은 그만큼 삶의 공간을 돌아보는 고독의 또다른 키 맞춤으로 보인다.

이는 현실에 대한 위안이고 현실을 수용하는 슬픈 표정 일 수 있다. 자식의 슬픔은 그렇게 말없이 다가와 생전에 전해 준 아버지의 그 깊은 사랑의 회고와 추억의 문을 넓게 하기 때문이다. 화자의 「아버지의 어깨」도 이런 기저基底에서 빚어졌으리라.

검게 탄 얼굴 위로
주름이 세월을 먹었다
듬직했던 어깨와 등이 휘는 아버지

수십 년을 짊어진

가족의 운명이 젖은 땀방울에
대롱대롱 달려있다

자식이 다 자라나기 전 아버지는
크신 사랑과 넓은 가슴으로
당신은 저에게 커다란 나무였으며
든든한 버팀목이 되어
밝은 희망과 미래의 꿈을 심어
잘 가꾸어 가도록 용기도 주셨습니다

지금은 저 멀리 떠나시고 안 계시지만
전 그 사랑 잊을 수가 없습니다

내 가슴에 화인火印으로
새겨져 박혀있습니다

아버지 사랑합니다.

　　　　　　　－「아버지의 어깨」 전문

　사실 아버지라는 이름은 바위 같은 의지로 가족을 이
끌어가는 고독한 존재이다. 아울러 그의 체취는 항상 가
족을 위해 모든 헌신의 덕목을 갖추었고, 누구도 그 자리

를 범접하지 못하는 외로운 카리스마의 공간을 점하고 있었으며, 이 에너지는 헌신과 사랑이라는 틀 속에서 가족에게 등대燈臺가 된다.

어느 날 등대가 꺼져버려 그 빈자리를 어떤 빛도 대신할 수 없음에 화자는 짙은 그리움을 토한다. 그런 아버지를 잃은 자리에서 탄생한 작품이다. 비교적 현학적이지 않은 작품이라서 달리 평이 필요 없겠다만 6연 17행에서 표현되는 전체적 느낌은 생전에 아버지의 지극한 딸 사랑이 없었다면, 1연에서 "검게 탄 얼굴 위로 / 주름이 세월을 먹었다 / 듬직했던 어깨와 등이 휘는 아버지"란 표현이나 2연에서 "수십 년을 짊어진 / 가족의 운명이 젖은 땀방울에 / 대롱대롱 달려있다"라는 표현은 감정의 사치이겠지만 3연에서 "자식이 다 자라나기 전 아버지는 / 크신 사랑과 넓은 가슴으로 / 당신은 저에게 커다란 나무였으며 / 든든한 버팀목이 되어 / 밝은 희망과 미래의 꿈을 심어 / 잘 가꾸어 가도록 용기도 주셨습니다"이토록 든든했던 버팀목은 4연에 이르러 "지금은 저 멀리 떠나시고 안 계시지만 / 전 그 사랑 잊을 수가 없습니다"로 미루어 범접할 수 없는 아버지에 대한 그리움의 극치를 만나게 된다.

더욱이 마지막 5~6연에선 "내 가슴에 화인火印으로 / 새겨져 박혀있습니다 // 아버지 사랑합니다."라며 아버지를 뜨겁게 기억하는 화자의 효심을 만나게 한다. 아버지에 대한 작품이 번다繁多한 것으로 미루어 남다른 아버지의 사랑을 한껏 받고 자란 여식임이 분명하다. 그 이유일까 화자의 시어는 거개가 사랑이고 겸손이고 행복이다.

작품마다 사족 없이 맑고 투명한 시어가 탄생한 원인에 사랑을 많이 받고 자란 화자의 환경이 시의 방석이라 생각하면 앞으로의 시의 여정도 무난하리라 생각하니 필자에게도 기쁨의 원천이 된다.

5. - 가장 어려운 시제詩題 어머니

어머니라는 이름 앞에는 할 말이 없다. 어쩌면 가장 시어로 많이 표현할 수 있는 대상이지만 정작 어머니에게는 말이 필요 없는 거대한 존재로 화한다. 무엇이 그런 이유를 만들까? 신이 인간에게 부여하는, 조건 없는 아가페의 사랑 -바로 그것이기 때문이리라.

어떠한 설명도 무의미해지고 논리가 없어지는 경지가 어머니의 사랑이기 때문이다. 사랑을 말로 하면 이미 사랑이 아니기도 하기에. 눈이 둘이거나 하나이거나 혹은 예쁘거나 밉거나의 속된 개념이 아닌, 있고 없고가 아닌 혹은 보여주는 것도 아니고 다만 주는 것을 계량할 수 없는 -화수분貨水盆 같은 무한 사랑에서 그냥 '어머니'일 뿐인 것이다. 말로는 절대로 표현이 안되는 그런 이름이 어머니라서 그 어떤 시어로도 부족할 수밖에 없는 그 이름이 가난하던 시절, 바로 우리네 어머니이시다. 그런 이유일까 화자 역시 비켜서지 못하고 어머니의 사랑 대신「어머니의 초상肖像」으로 접근한다.

> 고웁고 귀하게 자라나셔
> 시집오신 나의 어머니
> 사랑하는 임을 만나
> 살아오신 어머니
>
> 알캉달캉 살림하며
> 키워오신 자식 위해
> 자나 깨나 뒷바라지 하시느라
> 고운 얼굴 다 어디 가고
>
> 반평생임을 위해 갖은 정성 토해내듯
> 사랑하는 마음 하나 의지하며
> 궂은 길도 함께 하며 영원히 살기를
> 부처님 전 빌고 또 빌었건만
>
> 야속하게도 임은 먼저 떠나시고
> 백발이 되신 나의 어머니.
>
> – 「어머니의 초상肖像」 전문

화자의 시詩는 사심이 없다. 누구나 표현하는 어머니에 대한 기존 표현은 버려야 시가 되는 이치를 먼저 간파看破하고 있다는 이야기다. 시詩에 욕심은 질서를 세울 수 없고 무질서는 시가 아니다. 구지 법정스님의 무소유無所有 철학을 대입하지 않더라도 시는 과감히 버려서 꼭 필요한 이미지로 응축이 되어야 한다. 그 자리에서 탄력이 나오고 감동 또한 자리하게 되는 이치다.

여러 시인의 글을 접하다 보면 성정대로 시를 탄생시키는 면면을 만나게 되는데, 값싼 액세서리를 주렁주렁 단 시어도 있고 「어머니의 초상肖像」처럼 담백한 시어로 독자들의 상상의 폭을 넓혀주는 시어도 만난다.

단연코 감정은 절제되고 시어는 단정한, 후자가 시의 품격을 갖추었다 하겠다. 위 작품은 독자의 어머니들과 같은 공감대가 형성됨으로 다른 해설은 사족蛇足이라 생각한다. 대신, 화자나 독자에게 이것 하나 일러두고 싶은 것은 -서정시에는 마침표를 찍지 않는 이유가 있다. 이는 시적 표현의 자유와 흐름을 유지해야 할 뿐만 아니라 마침표는 문장의 끝을 의미하며 종종 구체적인 종결이나 정지를 나타내기 때문이다. 시에서는 감정, 생각, 이미지가 유동적으로 이어지도록 하여 독자가 자신만의 해석을 할 수 있는 여지를 주고자 할 때 마침표 대신 다른 구두점을 사용하거나 전혀 사용하지 않아야 한다고 말한다. 마침표나 다른 부호를 생략함으로써 시는 더 열린 구조를 갖고 독자는 시의 리듬과 흐름을 자유롭게 탐색하며 개인적인 감정과 상상력을 연결시킬 수 있기 때문이다. 다시 말하면 아침에 쓴 시를 저녁에 다시 보면 수정이 불가피함을 발견하게 되고 그다음 날도 또 그다음 날도 시는 수정에 수정으로 연결되는 살아있는 생물이라 생각하면 마침표를 찍지 않는 이치에 쉬운 답이 되겠다.

6. - 꽃을 닮아 향기로운 시인

시詩는 마음의 거울이다. 아름다움 앞에서는 가슴을 열 수 있는 열쇠의 역할 - 좋은 시詩 앞에 이르면 사람들은 천사의 모습으로 바뀌게 할 수 있는 힘을 가진 것이 바로 시詩이다. 다시 말해서 아름다운 시는 전염되는 파급력을 가질 때, 시인의 역할은 보다 더 좋은 시에 신명을 바치는 노력을 경주하게 된다.

시가 인간에게 다가갈 수 있는 요인은 인유력引誘力에 의하지만 시적인 장치를 갖추고 있을 때, 더욱 높은 위력을 나타낼 수 있게 된다. 좋은 시의 조건은 항상 열려진 시인의 마음에서 상상력의 진원을 염두에 두어야 한다.

시는 이미지의 폭력적 결합 -비유하는 대상과 비유 사이가 넓으면 넓을수록 신선감은 줄 수 있지만 자칫 난해

難解의 그물에서 함몰되는 경우가 있다. 이 경우 보편성의 확보를 얼마나 적절하게 비유에 혼용할 수 있을 것인가에 따라 시의 성공 여부가 갈린다.

보편성은 이해의 길을 인도引導하는 의미이기에 언질을 주는 암시가 될 수도 있다. 달리 말하면 정신병자와 정상인의 차이는 보편성普遍性에서 갈라진다. 전자는 무슨 말인지 이해가 어렵고 후자에서는 이해할 수 있기 때문에 차이가 난다는 뜻이다.

그렇다고 보면 시인은 지극히 바르게 현실을 살고 있는 사람이다. 그러나 그의 정신은 항상 타인과 다른 의식으로 생각하면서 독특한 의미를 찾아 나서는 나그네이지만 보편성으로 이해할 수 있는 근거를 숨겨놓는 방법을 계발啓發해야 한다.

이를 낯설게 하기 등의 용어로 위장할 수도 있지만 어떻든 시인은 상상의 독특성을 위해 헌신하는 임무가 시의 독특성과 연관을 갖게 된다.

화자의 작품에는 꽃을 사랑하는 요소도 주류를 이룬다. 이는 꽃을 바라보는 제시 형식의 시화詩化라는 뜻과 같을 것이다. 꽃은 온갖 색과 향기로 다가오지만 시인만의 기호를 가지고 다각도로 시적 접근을 한다.

화자만의 시적 성城을 구축하기 바라며 위에 제시한 시적 정치망을 활용한다면 좋은 향기를 만끽할 수 있을 것이라 필자는 확신하면서「메밀꽃」을 만나보자.

누가 심어 놓았을까
눈이 부시도록 새하얀
봉평 메밀꽃

이미 달빛이 비치면
소금을 뿌려놓은 듯하다고 하였고
멀리서 보면 파아란 쟁반 위에
밀가루를 뿌려놓은 듯하다고도 했다

가까이 더 가까이
좀 더 가까이 다가가면
아주 작고 예쁜 꽃들이

올망졸망, 주렁주렁
매달려있는
갓 피어난 꽃송이들

옥수수 알맹이를
톡, 톡, 톡 튀겨낸
팝콘처럼

나비와 벌들이 사랑을 찾는
봉평은 메밀꽃 숲이다.

– 「메밀꽃」 전문

위 작품에 소개된 '봉평'은 한국의 대표적인 소설가 이효석의 단편소설 "메밀꽃이 필 무렵"의 배경이 되는 곳이기도 하다. 메밀꽃이 만개하는 시기인 늦여름에서 초가을에는 하얀 메밀꽃이 들판을 덮어 장관을 이루는 곳이기도 하고 아름다운 자연을 경험하고 문화와 역사를 체험할 수 있는 장소여서 화자는 방문한 체험을 시의 종자로 선택한 듯하다.

　꽃의 이미지는 정화淨化를 숨겨둔 의미이기도 하다. 땅속에서 온갖 불순물을 제거하고 깨끗함으로 꽃을 피우고 향기를 발하며 결실에 이르는 인고忍苦의 시간을 거친 후에야 스스로 낙엽이 되어 목적을 달성한다. 허나, 동물은 그 반대의 개념이다. 향기로운 것을 섭취하고는 구린 것으로 배설하는 ―어쩌면 심사숙고하지 않는 인간도 그러할지 모른다. 그럴 수만 없기에 시를 쓰면서 자정의 노력에 노력을 하는 것이라 생각하면 시인이 시를 쓰는 행위는 신을 섬기는 경건한 의식과 견주어도 과함이 아니란 생각이다. 한 송이 꽃이 핀다는 것은 해와 달, 별, 바람의 온갖 시련을 거치면서 단련된 완성을 의미한다. 꽃이 피는 일은 인간의 경우로 환치換置하면 아픔과 시련 혹은 고통의 길을 지나온 경험의 축적에서 깨달음의 인격을 의미한다. ―세파에 던져진 우리네 억척과 닮아 있을지도 모른다는 상상이 전개된다.

4연의 "옥수수 알맹이를 / 톡, 톡, 톡 튀겨낸 / 팝콘처럼"
이란 비유는 화자의 서정시의 상당성을 엿보는 표현이
라서 기쁨이 인다. 단지 의성어 의태어는 되도록 절제하
여 시의 격이 좀 더 나아지길 권한다.

7. - 나가며

시詩가 인간의 마음을 그리는 그림이라면 손정원 시인
이 그리는 그림은 안온하고 따스한 정감이 표출된 수채
화라 하겠다.

맑고 투명하지만 화려하지 않고 은은한 향기를 발산
하는 시인의 성정대로 들꽃처럼 다소곳이 다가오는 시
인이라서 그의 시詩가 감각적인 에스프리와 감수성의 따
뜻함이 교직交織 하면서 순수하고 안온감을 전달한다. 이
런 인자因子는 시인의 삶이 담백하게 반영되어 시의 의
무를 다하기 때문에 부드러움과 깊이를 동시에 간직할
수 있는 한국시의 기능성에 한층 다가가는 느낌이라 하
겠다. 시인이 헤쳐 나아갈 시적 여정에 문운文運을 기대
하면서 논지를 닫는다.